KB195669

학교야, 잘 잤니

햇살 어린이 _ 동시집 07

학교야, 잘 잤니

시 이형래 | 그림 전다은

펴낸날 2025년 2월 21일 초판1쇄
펴낸이 김남호 | 펴낸곳 현북스
출판등록일 2010년 11월 11일 | 제313-2010-333호
주소 07207 서울시 영등포구 양평로 157, 투웨니퍼스트밸리 801호
전화 02) 3141-7277 | 팩스 02) 3141-7278
홈페이지 http://www.hyunbooks.co.kr | 인스타그램 hyunbooks
ISBN 979-11-5741-432-1 73810

편집 전은남 | 디자인 디.마인 | 마케팅 송유근 함지숙

이형래 동시집

학교야, 잘 잤니

그림 전다은

현북스

학교에서 웃음꽃을 피울 독자들을 위해

학교가 참 좋다는 생각을 함께 나누고 싶습니다. 학교에 대한 좋은 생각을 많은 사람이 이야기하길 바랍니다. 이전에 학교에서 자란 어른들, 지금도 학교에서 자라는 학생들, 앞으로 학교에서 자랄 학생들이 학교에 대한 해맑은 이야기를 나누길 바랍니다.

나는 학교에서 배우고 자랐습니다. 내가 배우고 자란 학교에서 학생을 가르쳤고 지금도 가르치고 있습니다.

오래전부터 학교는 나에게 귓속말로 속삭였습니다. 간지러워서 참을 수가 없었습니다. 그런 간지러운 속삭임을 시로 옮겼습니다.

내가 있는 학교에는 애벌레 작품이 있습니다. 도로에 있던 예술 작품이 어린이를 위해 학교 놀이터로 들어왔습니다. 지금 생각하면 학교가 그 애벌레를 불러들인 게 분명합니다. 이제는 애벌레도 학교가 되었습니다.

나는 학교가 그 애벌레를 애지중지한다는 것을 잘 알고 있습니다. 어린이들은 애벌레 속을 드나듭니다. 애벌레는 그런 어린이를 무척 좋아합니다. 학교는 애벌레도 좋아하고 어린이도 좋아합니다.

학교도 커다란 애벌레니까요.

다시 학교의 목소리를 듣고 싶습니다. 이제는 학교가 낭랑한 목소리로 말하게 하려고 합니다. 그러면 학교는 또 이렇게 속삭일지도 모릅니다.

"너는 모르지? 내가 어린이를 지키는 양치기라는 사실을."

나는 잘 알고 있습니다. 학교는 단 한 명의 어린이도 길을 잃지 않게 학교로 잘 인도하니까요. 그런 학교의 마음을 사람들이 이해해 주길 바랍니다.

내가 자란 학교는 내 마음의 지도에서 지워지지 않습니다. 언제라도 찾아갈 수 있습니다.

학교가 나를 부르면 나는 언제나 학교로 달려갑니다. 내가 자란 학교가 나를 부르지 않아도 나는 학교로 달려갑니다.

그리고 말합니다.

"학교야, 사랑해."

대학로 마로니에 꿈 터에서 **이형래** 씀

1부 실내화는 어디에서 잠잘까

2부 학교 고양이

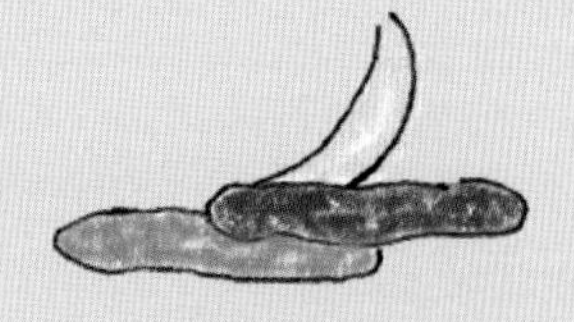

3부 봄이 오면

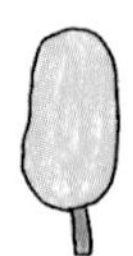

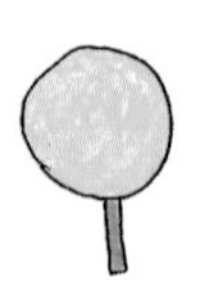
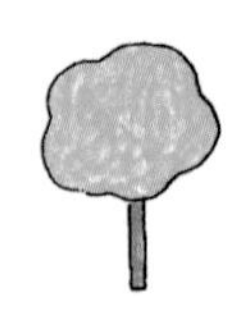

4부 더하기 빼기 공부

5부 다시는 안 뽑는다

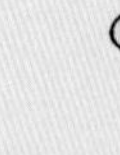

1부

실내화는 어디에서 잠잘까

학교는 기분이 좋다

학교는 기분이 좋다.

봄이 오니

학교는 기분이 좋다.

꽃이 피니

학교는 기분이 좋다.

새들이 지저귀니

학교는 기분이 좋다.

아이들이 소리치니

학교는 기분이 좋다.

학교는 기분이 좋다.

학교야, 잘 잤니

학교야, 잘 잤니?

그래. 그래.

지영아, 잘 잤니?

그래. 그래.

학교야, 사랑해

운동장에 눈이 내렸다.

엽서 한 장

그냥 걷기만 해도

그림이 그려진다.

내가 만든 엽서

글을 쓴다.

학교야, 사랑해.

학교와 나

아주 높은 곳에서

학교와 나를 보면

학교는 나를

큰 손으로 안고 있을 거야.

학교 인력, 만유인력

아침부터
학교가 나를 끌어당긴다.

책가방을 메고
신발을 신고
집을 나서는데

학교가 나를 더 세게 끌어당긴다.

교문 앞에서
착
내가 학교에 달라붙었다.

실내화는 어디에서 잠잘까

컴컴한 신발장 안
그곳에서 실내화는 잠자겠지?

내가 집에서 잘 잘 때에도
그곳에서 실내화는 잠자겠지?

얼른 학교 가서
잠자는 실내화를 깨워야겠다.

학교 담

학교 담은 우리를 보듬어 주는데

지호가 담 밑으로 빠져나가는 순간

담이 간지러웠는지

지호가 멘 가방이 걸리지 않게

담이 손으로 살짝 들어 주는 것을 나는 보았다.

선생님, 바꿔요

운동장에서
함께 달립니다.

선생님 목소리
하나, 둘, 셋, 넷,
하나, 둘, 셋, 넷,

선생님,
이젠 바꿔요.

우리 목소리
하나, 둘, 셋, 넷,
하나, 둘, 셋, 넷,

와, 우리가 선생님이 되었네.

말도 안 돼

우리끼리 달리기를 하는데
선생님이 불쑥
“같이 할까?”
“같이 해요.”

선생님과 달리기를 하는데
선생님이 졌다.

말도 안 돼.
말도 안 돼.

1미터 달리기

1미터 달리기
누가 누가 천천히 달리나?

살금살금
슬금슬금
움직이지 않으면 탈락.

어?
개미가 달리고 있네.
개미에게 질 수는 없지.

어!
한이가 달리고 있네.
개미처럼 달리고 있네.

이런!

1미터 달리기에서 졌다.

2부

학교 고양이

우리가 듣고 싶은 말은

뛰지 말아라
뛰지 말아라
복도에서

뛰지 말아라
뛰지 말아라
계단에서

우리가 듣고 싶은 말은

뛰어라
뛰어라
운동장에서

운동장에서

뛰어라

뛰어라

마구

뛰어라

시소를 탄다

친구와

놀이터에서

놀면

친구와

사이가 좋아진다.

친구와

놀이터에서

시소를 타고 놀면

친구와

사이가 더 좋아진다.

그래서 나는

시소를 탄다.

딱 한 번만

운동장
너, 얼른 일어나

맨날 누워만 있지 말고

내가 달린다
힘껏 밀어줘

딱 한 번만
딱 한 번만

학교 연못에 있는 폭포

학교 연못에 있는 폭포

그 폭포가 작다고 말하지 마세요.

학교 연못에 사는

송사리에게는

산처럼 큰 폭포니까요.

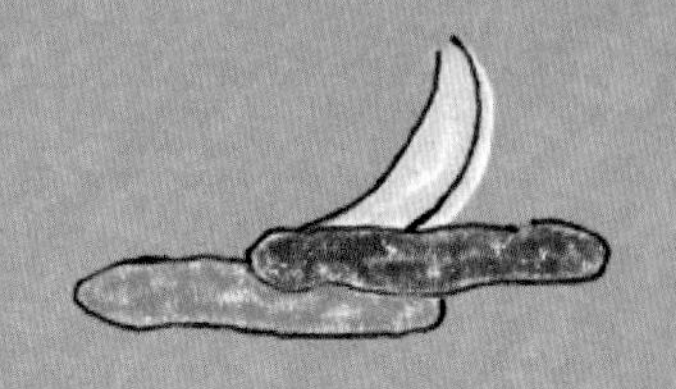

학교 고양이

학교 고양이는
학교에다 집을 짓고
학교에서 밥을 먹고
학교에서 잠을 잔다.

학교 고양이는 어디에서 공부할까?

불이 꺼진 늦은 밤에
아무도 오지 않는
학교 뒤뜰에서
야옹야옹
야옹야옹
달빛 보고 공부한다.

옥상 보안관

왜가리가 학교 옥상에 앉았다.

김영수, 종 쳤는데 왜 그렇게 천천히 들어가니?
오지영, 주머니에 껌 숨긴 거 내가 다 봤다.

왜가리는 눈이 참 밝다.
오늘부터 왜가리는 옥상 보안관이다.

너, 풀 사랑하니

방학이 끝나고 학교에 왔다.

풀 한 포기
운동장에
우두커니 서 있었다.

나는 그 풀 옆에
우두커니 섰다.

영희가 내 옆에 와 섰다.

“뭐 해?”

“풀 보고 있어.”

“운동해야지?”

“풀과 함께.”

나는 풀을 손으로 팠다.

그리고 화단으로 슬그머니 옮겨 심었다.

영희가 웃으면서 말했다.

"너, 풀 사랑하니?"

바람이 분다.

내가 심은 풀이
화단에 있는 그 풀이
팔 흔들기 운동을 한다.

나도 풀을 따라 팔을 흔든다.

바람아

바람아,

바람아,

낙엽 데리고 어딜 가니?

“학교 한 바퀴 구경시켜 주려고.”

바람아,

바람아,

낙엽 데리고 어딜 가니?

“학교 담벼락에 놀고 있는 고양이 보여 주려고.”

교실 너머 나팔꽃은 참 바쁘다

얼굴도 보고 싶고

노래도 부르고 싶고

간식도 먹고 싶고

도형도 그리고 싶고

공기놀이도 하고 싶고

왜 웃는지도 보고 싶고

교실 너머 나팔꽃은 참 바쁘다

선생님의 눈물

사상 최초로 개발한 선생님의 실내 스포츠
손탁구를 하다가
말랑말랑 손탁구 공이
창문 밖으로 나갔다.

종석이가
4층에서
운동장으로
뛰어갔지만
1시간이 지나도 못 찾았다.

선생님의 눈에서 눈물이 났다.
하루가 지나고

종석이가

학교 하수구에 빠진 말랑말랑 손탁구 공을 찾았다.

종석이가
선생님께 공을 건네는데

선생님의 눈에서 눈물이 나왔다.

3부

봄이 오면

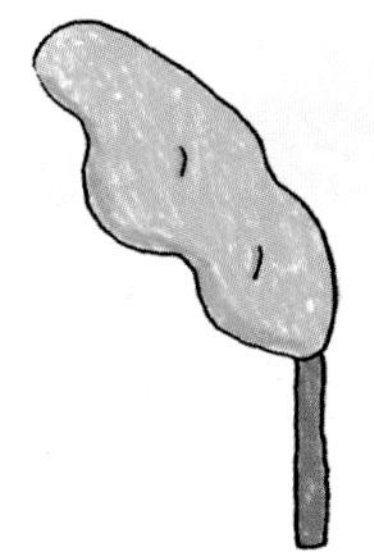

3월 햇살은

3월 햇살은

유관순 누나처럼

참 힘도 세다.

풍덩

흙 속으로 뛰어들더니

이 풀 저 풀

만세를 부른다.

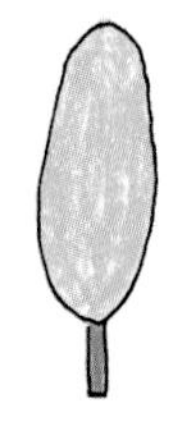
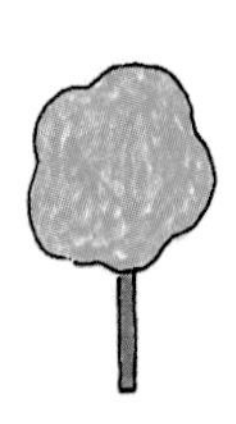
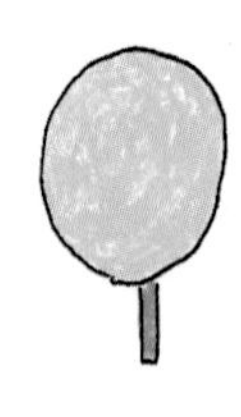

3월 햇살은

만세 소리처럼

참 빠르기도 하다.

풍덩

산속으로 뛰어들더니

이 나무 저 나무

만세를 부른다.

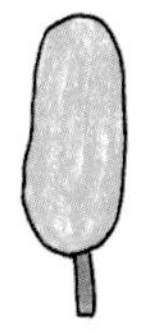
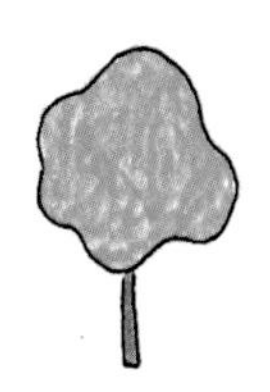
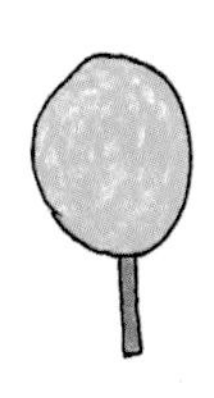
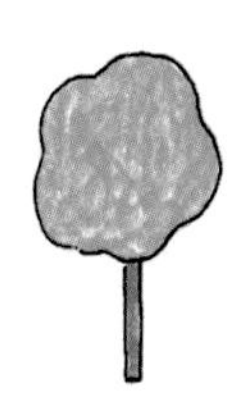
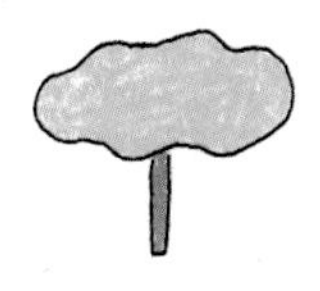

봄이 오면

봄이 오면

운동장도

나이 한 살 더 먹고

봄이 오면

교실도

나이 한 살 더 먹고

봄이 오면

학교도

나이 한 살 더 먹고

봄이 오면

나도

나이 한 살 더 먹고

노랑나비

봄소식

내가 먼저

전해 드릴게요.

노랑나비 깃발 되어

봄이 온다고

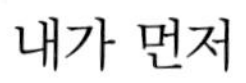

내가 먼저

노란

봄소식을

전해 드릴게요

내 친구 나비

배추 위에 앉으면 배추 나비

신발 위에 앉으면 신발 나비

지우개 위에 앉으면 지우개 나비

미끄럼틀 위에 앉으면 미끄럼틀 나비

내 친구 어깨 위에 앉으면 내 친구 나비

개나리꽃

교실 화단 앞
개나리꽃이
웃고 있다.

교실 웃음소리 듣고
개나리꽃이
웃고 있다.

낙엽 쓸지 마세요

선생님,

오늘은

낙엽 쓸지 마세요.

낙엽이 우리랑 놀고 싶대요.

선생님,

오늘은

낙엽 쓸지 마세요.

저도 낙엽이랑 놀고 싶어요.

굴참나무 노래

굴참나무 옆에 굴참나무 있고

졸참나무 옆에 졸참나무 있어.

대굴대굴 도토리

토실토실 도토리

떡갈나무 옆에 떡갈나무 있고

신갈나무 옆에 신갈나무 있어.

대굴대굴 도토리

투실투실 도토리

갈참나무 옆에 갈참나무 있고

상수리나무 옆에 상수리나무 있어.

대굴대굴 도토리

토실토실 도토리

눈 공책과 눈 연필

선생님 눈 쓸지 마세요.

눈 공책이 사라지잖아요.

오늘

하루는

우리도 눈 연필 되어

낙서하고 싶어요.

선생님 눈 쓸지 마세요.

즐거운 생활

'즐거운 생활' 시간에
'즐거운 생활' 책을 펴고
'즐거운 생활' 공부하는데

노랑나비가 날아다니고
고추잠자리가 날아다니고
억새가 손을 흔든다.

내 머릿속도 즐거운 생활이다.

우리는 펭귄이다

6월 8일

교실 에어컨 온도 22도

선생님은

“어이 추워. 끄자.”

우리는

“안 돼요.”

선생님은

“너희들이 북극곰이냐?”

우리는

“아니요, 펭귄이에요.”

“그럼, 나는 뭐니?”

“선생님은 오랑우탄이에요.”

4부 더하기 빼기 공부

학교 친구

해

달

멀리서 날아온 씨앗

멀리서 날아온 새

멀리서 날아온 바람

그리고

나

너

우리

사랑한다면

사랑한다면

친구야, 사랑해

하지 마세요.

사랑한다면

미영아, 사랑해

말해 주세요.

이름을 부르고

사랑한다고 말해 주세요.

히히.

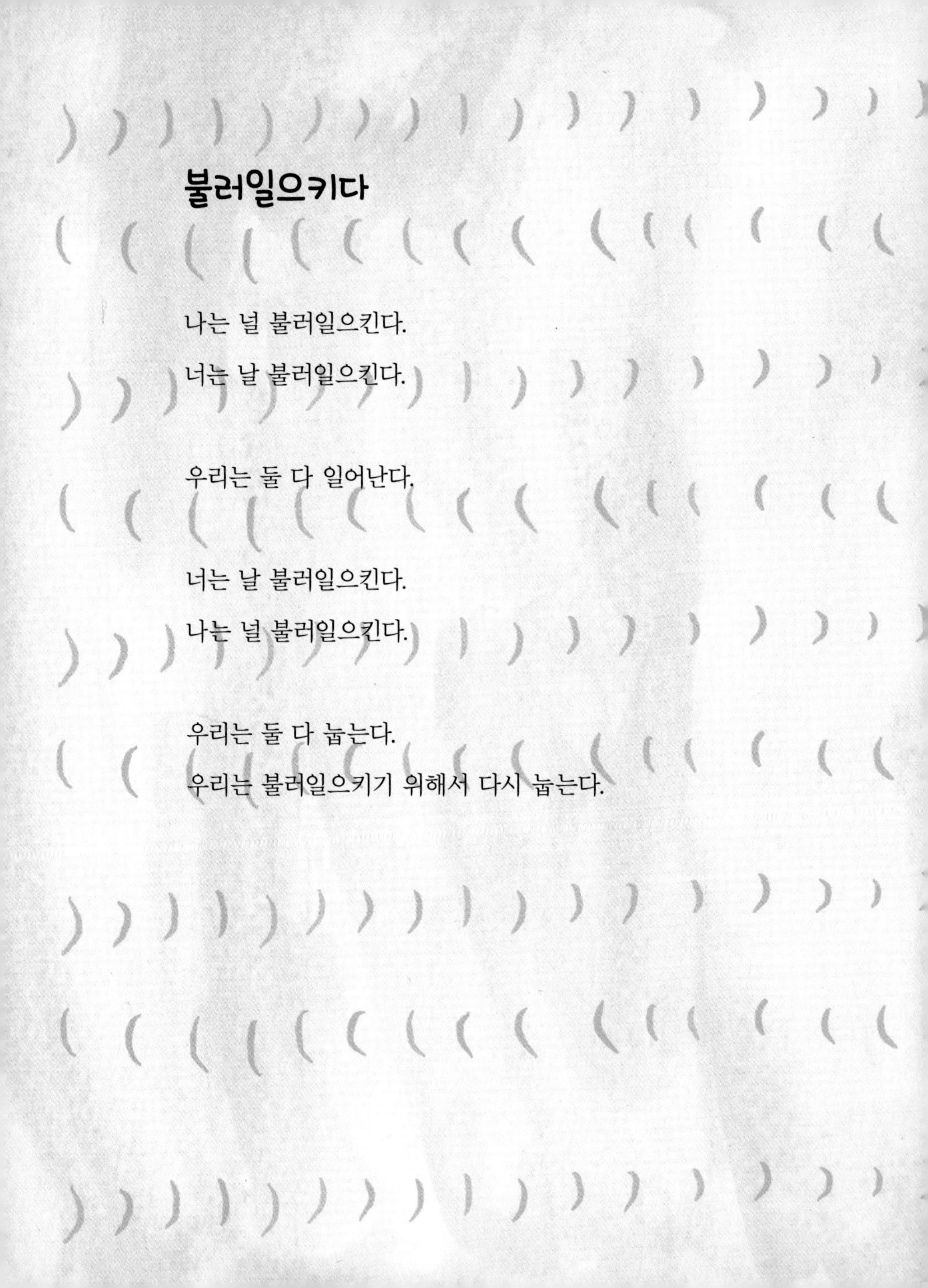

불러일으키다

나는 널 불러일으킨다.

너는 날 불러일으킨다.

우리는 둘 다 일어난다.

너는 날 불러일으킨다.

나는 널 불러일으킨다.

우리는 둘 다 눕는다.

우리는 불러일으키기 위해서 다시 눕는다.

십중팔구

오늘 반찬

십중팔구 김치

오늘 체육

십중팔구 줄넘기

오늘 민우

십중팔구 맨발

오늘 선생님

십중팔구 사랑합니다.

더하기 빼기 공부

숫자 더하기는 배웠으니
마음 더하기도 배워야지

숫자 빼기도 배웠으니
마음 빼기도 배워야지.

무엇을 더할까?
기쁜 마음 더하고

무엇을 뺄까?

행복한 이름

이지운

참 잘했어요.

김석준

웃는 모습이 아름다워요.

유지원

도와줘서 고마워요.

이윤희

참 잘 그렸어요.

내 이름이 행복하다고 말해요.

친구 이름이 행복하다고 말해요.

이 지 운

유 지 원

김 석 준

스며들다

가만히 보니
네가 엎지른 물이 내 종이에 스며들었다.

가만히 보니
내 마음에 너의 목소리가 스며들었다.
내 마음에 너의 웃음소리가 스며들었다.
내 마음에 너의 칭찬 소리가 스며들었다.
내 마음에 너의 마음이 스며들었다.

글쓰기 시간

선생님, 꼭 다 써야 해요?

그래.

선생님, 두 줄만 남겨 놓고 쓸게요.

안 돼.

선생님, 한 줄만 남겨 놓고 쓸게요.

그래도 안 돼.

왜요?

빈 공책은 네가 쓴 글을 밥으로 먹으니까.

한 줄은 남겨 놓아야죠.

공책도 간식은 먹어야 하니까요.

까치밥

저 홍시 이름은 까치밥
까치만 먹는 까치밥

참새가 먹어도 안 되고
비둘기가 먹어도 안 되고
까마귀가 먹어도 안 되고

까치만 먹는 까치밥
저 홍시 이름은 까치밥

드러냄표를 하고 싶은 곳

나는 분명 하나인데
내 안에 또 다른 내가 들어 있다.

히히 웃는
기쁜 나도 들어 있고

뭐라고!
화내는 나도 들어 있고

흑흑 마음 안팎으로 우는
슬픈 나도 들어 있고

하하하 행복하고
즐거운 나도 들어 있다.

그

리

고

드러냄표를 써서

꼭 드러내고 싶은 내가 또 있다.

웃고

화내고

슬프고

즐거운 나를

다 사랑하는 나

5부

다시는 안 뽑는다

우리 길

친구 한 명 뚜벅뚜벅
친구 두 명 타박타박
친구 세 명 터벅터벅

친구가 가는 길
하나
둘
셋

친구가 가는 길
우리 길

내 욕심이 무너졌다

개울가에 가서 돌멩이를 쌓았다.

나 하나

동생 하나

돌멩이를 하나씩 쌓았다.

"누나, 인제 그만 쌓아."

나는 돌멩이 하나를 더 올렸다.

돌멩이 탑이 무너졌다.

내 욕심이 무너졌다.

정우

말 없는 정우가
선생님 대신 온 선생님에게
색종이를 접어서 건넸다.

궁금했는데

선생님이 큰소리로 읽었다.

"다음에 만나요."

말 없는 정우가 살포시 웃었다.

책이 살아 있어요

내가 책을 읽을 때
눈을 한 번 깜박거리면
책에 있던 사람들이
터벅터벅 걸어 나온다.

그 사람의 모습은
내가 생각한 대로
내가 마음먹은 대로

내가 그린 대로다.

"책이 살아 있어요."
"책 속 사람들이 살아 있어요."

그 사람에게 조용히 말을 걸어 본다.

나무와 나는

베란다에 갇힌 나무는
흙에서 밥을 찾아 먹고

방에 갇힌 나는
냉장고에서 밥을 찾아 먹는다.

그래도 우리가 마시는 물은 같다
수돗물
그 물로 우리는 같이 산다.

그러니까 너와 나는 식구야
한 식구

다시는 안 뽑는다

반 친구들을 돕겠습니다.

내가 먼저 솔선수범하겠습니다.

시키지도 않았는데

지수가 먼저 말했는데

그래서 뽑았는데

오늘 나한테 잔소리했다.

내가 너무 떠든다고

선생님께 이르기 전에 조용히 하라고

나만 떠들었나?

꼭 나한테만 저런다.

저게 친구를 돕는 건가?

저게 솔선수범하는 건가?

다시는 안 뽑는다.

시궁창에서 핀 풀

시궁창에도 빛이 들어옵니다.
시궁창이 있어서 좋습니다.

더러운 물이 흐르고
더러운 냄새가 흐르고
더러운 흙이 차곡차곡 쌓이면 더 좋습니다.

나는 그 시궁창에서
뿌리를 내리고
이렇게 자랐습니다.

시궁창으로 흘러오는 빛이
내가 세상으로 나아가는 길을 안내해 줍니다.

배추

배추가 입을 벌려 크게 웃는다.

김치를 먹는 사람들은
배추의 저 웃음을 먹는 거다.

배추가 귀뚜라미 노래에 맞춰 흔들흔들 춤을 춘다.

김치를 먹는 사람들은
배추의 저 춤을 먹는 거다.

배추는 달빛을 사랑하고 달빛은 배추를 사랑한다.

김치를 먹는 사람들은
배추의 저 사랑을 먹는 거다.

나는 지구다

내 안에 바람이 분다.

내 안에 바람이 멈춘다.

내 안에 해가 뜨고 진다.

내 안에 달이 지고 뜬다.

내 안에는 말이 있다.

내 안에는 친구가 만든 말이 있다.

내 안에는 아빠, 엄마가 만든 말이 있다.

내 안에는 먼지가 있다.

내 안에는 밝은 먼지가 있다.

내 안에는 어두운 먼지가 있다.

내 안에는 생명이 있다.

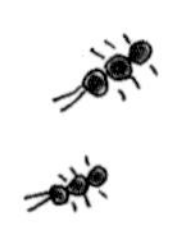

내 안에는 개미가 간다.

내 안에는 벌이 난다.

내 안에는 나비가 춤을 추고 나방이 손뼉을 친다.

내 안에는 지렁이가 축구한다.

내 안에는 쓰레기가 있다.

내 안에는 쓰레기 섬이 있다.

세상에 하나밖에 없어서

세상에 하나밖에 없어서
그래서 나는 소중하다고

세상에 하나밖에 없어서
그래서 내 생각은 소중하다고

세상에 하나밖에 없어서
그래서 내 마음은 소중하다고

선생님께서 가르쳐 주셨는데

세상에 하나밖에 없어서
선생님을 사랑합니다.

시 • 이형래

경남 합천 가회에서 태어났습니다. 가회초등학교, 가회중학교, 진주 명신고등학교, 서울교육대학교, 고려대학교를 졸업했습니다. 직업문식성을 연구한 교육학 박사입니다. 초등학교에서 교사, 교감, 교장으로 근무했고 대학에서 강의했습니다.
지은 책으로 《문식성 교육 연구》, 《독서교육의 이해》, 《읽었다는 착각》, 《내 아이는 초등학교 1학년》, 《문해력 교과서》, 《누구를 보낼까요?》, 《성인 문해 교과서》가 있습니다.

그림 • 전다은

동시를 읽는 것도, 쓰는 것도, 동시에 그림을 그리는 것도 좋아합니다. 세상에는 이상한 것만큼 즐거운 것이 많아서 참 재미있어요. 그린 책으로 《버스가 좌회전했어요》, 《달래와 세 아빠》가 있습니다.
인스타그램 @goyoran